世界是圆的

〔美〕格特鲁德·斯泰因 著
〔美〕克莱门特·赫德 绘
周武泉 译

THE WORLD IS ROUND
Book Text Copyright©Gertrude Stein
Illustration Copyright©Clement Hurd
Foreword Copyright©John Thacher Hurd
Simplified Chinese translation rights © 2021 by Shanghai 99 Readers' Culture Co., Ltd.
ALL RIGHTS RESERVE

图书在版编目（ＣＩＰ）数据

世界是圆的 /（美）格特鲁德·斯泰因著；（美）克莱门特·赫德绘；周武泉译． — 北京：人民文学出版社，2021
（大作家小童书）
ISBN 978-7-02-013334-5

Ⅰ.①世… Ⅱ.①格… ②克… ③周… Ⅲ.①儿童故事—作品集—美国—现代 Ⅳ.① I712.85

中国版本图书馆 CIP 数据核字 (2017) 第 224261 号

责任编辑	卜艳冰　汤　淼
装帧设计	李　佳

出版发行	人民文学出版社
社　　址	北京市朝内大街 166 号
邮政编码	100705

印　　刷	山东新华印务有限公司
经　　销	全国新华书店等

字　　数	46 千字
开　　本	890 毫米 ×1240 毫米 1/32
印　　张	3.5
版　　次	2021 年 6 月北京第 1 版
印　　次	2021 年 6 月第 1 次印刷

书　　号	978-7-02-013334-5
定　　价	39.00 元

如有印装质量问题，请与本社图书销售中心联系调换。电话：010-65233595

萝丝似玫瑰,恰似玫瑰是玫瑰
献给萝丝·露西·蕾妮·安妮·德艾居伊
一朵法兰西玫瑰

序

撒切尔·赫德

格特鲁德·斯泰因的《世界是圆的》于1939年首次出版，它有一种清新而现代的质感，这在现今的童书中非常少见；而在有关童书的形式问题上，它呈现出先锋的超凡理念。

《世界是圆的》真的是本童书吗？孩子们喜欢它吗？很多人觉得它前卫的用语造成了阅读的困难，就像我10岁第一次翻开书页时也这样觉得，虽然我很喜欢那些印着"萝丝是玫瑰恰似玫瑰是玫瑰"[1]的粉色书页，也喜欢深蓝色字体的强烈效果，还有我父亲作的插画。这部作品拥有一股我从未见过的神秘气质。

当《世界是圆的》被大声念出，而你又用心去聆听时，它宛若音乐，就像一首前卫的乐曲，在听觉和感觉上都充满意想不到的曲折流转。用这种方式感受本书，你才能发觉书中语言的丰富性：精彩的词句并用、奇妙的押韵和重

---

[1] 原句为 Rose is a rose is a rose is a rose，这是作者最著名的一句话，最早出现在《地理与戏剧》(1922年)中，之后作者将这个句子多次运用在她的其他作品中。作者在本书中再次使用这个句子颇具深意：本书的主人公是一名叫萝丝(Rose)的小女孩，她所遇到的问题之一即是对自我身份的认同，这个句子正好表达了作者的态度：不论外在条件如何变化，事物都会是其本来模样。

1939年，美国佛蒙特州费利斯伯格，克莱门特·赫德在画画

1949 年，美国佛蒙特州北费利斯伯格，克莱门特和伊迪丝·赫德

复，以及在意想不到的时刻闪现出的幽默。

多年来，本书有过几次再版。其中首个版本诞生于 1960 年代佛蒙特州[1]的一个夏日午后，它是我父亲克莱门特·赫德和威廉·R. 斯科特对装帧设计重新思考的结果，后者不仅是本书初版的编辑，还是该版的出版商。我父亲重新作了插画，他在初版时使用铅笔和墨水，这次则改用油毡板和浮木，使画面产生一种松散的质感。原有的粉色

---

[1] 美国东北部新英格兰地区一州。

书页和蓝色字体被白色书页和更易阅读的黑色字体替代。书中的某种神秘感在这次再版中消失，但我父亲新作的插画为故事做了一次更轻松的解读。

1980年代，亚里安出版社[1]的创始人，也是我父亲的好友安德鲁·霍姆耶，决定制作一个特别精装版。新版的书本身是圆的，装在一个粉色的四方形盒子里，下方还一起嵌套了另一本方形的书。这本方形的书里收录了我母亲伊迪丝·赫德写的一篇文章《世界不是平的》。这篇文章讲述了《世界是圆的》是如何诞生的，介绍了我父亲与格特鲁德·斯泰因之间的合作，还包含一些他们互通的信件。

现在这个版本的《世界是圆的》又回到了原点：它在大小上和原始版本比例一致，精准地复制了最初使用的字体、设计和配色。那美丽浓郁的粉色，像玫瑰一样诱人，配上斯泰因最爱的深蓝色，让本书和她与我父亲想象中的样子别无二致。

《世界是圆的》被证明是我父亲工作生涯中的一个高峰。他在这本书里的作品，能和他在《逃家小兔》（1942

---

[1] 1974年成立于旧金山，被认为是美国国内领先的精装书籍出版商。

年)、《晚安,月亮》(1947年)里的作品相提并论,这两本书是他和玛格丽特·怀兹·布朗[1](她在写作上深受斯泰因的影响)合作创作的。

我父亲在他的工作室里创作了本书的插画,他的工作室位于佛蒙特州北费利斯伯格[2]的一座村庄里,1936年他在那儿花了600美元买下一间旧农舍。我父母刚搬进的时候,那里没通电也没自来水,但他们慢慢地修整,把那儿变成了舒适的家:铺了宽木地板,在客厅添了一个维多利亚时代的大暖炉,还有一方种满各种蔬菜的花园。他们在那儿住了几年以后,一个住在尚普兰湖[3]附近的朋友送了他们一小座旧谷仓,送来的时候是支离破碎的。我父亲重新组装后,把它搬到屋后的一座小山上,一年到头当作工作室来使用。

我小时候常常在他工作的时候爬上山去找他,颜料的气味、四散的画纸和画作都让我陶醉。目睹我父亲工作的

---

[1] 美国儿童文学家,为孩子创作了超过100本童书,其作品精简、优美,富于游戏性,对其后的许多图画书作者都产生了深远的影响。
[2] 位于佛蒙特州阿迪生县西北角。
[3] 北美洲天然淡水湖,位于美国佛蒙特州、纽约州和加拿大魁北克省之间。

最初印象深深影响了我，随后我决意成为一名艺术家。我父母也合作创作了许多童书，我母亲编写故事，我父亲配以插画。那屋里有一股创造的活力，让我无法抗拒。

在那间陈旧的工作室里，我父亲全心全意为《世界是圆的》创作插画；他从斯泰因妙趣横生的故事中汲取灵感，迫切又兴奋地创作美妙的图画。斯泰因常被称作"现代主义之母"，而我父亲充分地利用了这个难得的合作机会。这项工作让他发散自己的想法，并在绘画风格上进行更深的探索，而这些是他曾在巴黎花费数年时间向费尔南德·莱热[1]所学的内容之一。

1986年，在我父母搬走几年后，我们全家回了一趟在北费利斯伯格的房子。我父亲因为阿尔兹海默症没有同行，我和我的母亲、我的妻子奥利维亚、我们的孩子，还有一些朋友一起沿着蜿蜒的泥土路走到屋子前，它坐落在一片原野中，屋前宽广的草坪一路蔓延至河边，我小时候曾在河里开心地游泳。

---

[1] 法国立体主义派画家。其作品以浓重的原色调、机械般的形状和简单的粗线条轮廓描绘二十世纪的生活。

罗太太在 1954 年从我父母手中买走房子，她和蔼地领着我们四处参观。厨房做了一点改造，但当我们在屋子的其他地方走动时，我们惊讶地发现大部分地方都没有被动过，就好像我父母昨天才刚搬走一样。

二楼挂着一幅我父亲的水彩画，它还在我从小起就挂在的地方。浴室里，墙壁仍被美丽的粉色墙纸覆盖着，这些墙纸是《世界是圆的》的插画周边。整间粉色的浴室里，萝丝和威利的形象布满墙面。

我父亲还给正前方的楼梯间贴了墙纸，用的是二十世

1949 年，伊迪丝、撒切尔和克莱门特·赫德

1983 年，加利福尼亚州伯克利，撒切尔和克莱门特·赫德

纪三四十年代他书里的大号校样。其中有一张是《晚安，月亮》里的完整校样，因为磨损，看起来有点糟，低矮的角落边上像是被老鼠咬掉了一块。罗太太贴了一张《爱猫者》杂志的封面，盖住了那个缺口。

  这次参观可真是神奇，是对我父亲世界的轻轻一瞥，一切就像在博物馆里一样被完好地保存着；它也是一扇通往创作生命的窗口，由此产生的作品使斯泰因的故事更加完整。而今天，在距它首次出版超过70年以后，《世界是圆的》以清新和最初的美，获得了又一次新生。

目录

萝丝是玫瑰 01· 威利是威利 06· 目睹一场惊喜 12· 威利和他的歌唱 17· 威利和他的狮子 23· 会不会狮子不是狮子 28· 萝丝和威利的狮子 29· 萝丝在想 34· 最喜欢的颜色 35· 送还比利 36· 把比利送还威利 36· 从前 40· 山顶上的椅子 42· 带把椅子上山 46· 旅程 49· 这是她的旅程 50· 上山 51· 白天和夜晚 54· 那个晚上 55· 那个晚上 57· 夜晚 61· 萝丝近距离看见了它 62· 夜晚 63· 那个早晨 67· 树和树下的石头 68· 萝丝做了点儿事 70· 萝丝和铃声 73· 萝丝和铃声 75· 从前 76· 那片绿草地 78· 最后一小时 79· 终点 82· 一束光 88· 尾声 90

这里有一本新书,是一本全新类型的书,我非常喜欢它。而我的工作就是要告诉你们它为什么独特,因为它必须被大声朗读出来。我们应该轮流地、一章一章地阅读这本书,笑着把它从对方手里抢过来。当然,一个人读也是很有趣的事情,但大家还是会希望能在轮到自己的下一环节读得更好吧。尽管这本书缺少标点符号,但是,让我们自己来加上标点一点都不费事……这是一个非常微妙的故事,对有些人来说,它根本算不上故事;对另外一些人来说,这却是一个深入探索孩子情绪的、全新的故事。它反映了一个孩子对自我的认识,她拥有敏锐的感觉,玩弄文字和想法,然后又把它们全部抛到脑后……对我来说,这是一次难忘的创新体验。这本书太深奥了,可能无法让每个孩子都读懂它。但它的形式是如此新颖、文字节奏是如此有趣、其中的幽默又是如此特别,任何年龄的人读了它都会感受到震动和冲击。只有真正的艺术家才能写出像《世界是圆的》这样迷人的书。

露易丝·西曼·贝克特尔[1]1939年发表于《号角图书杂志》

---

[1] 露易丝·西曼·贝克特尔(Louise Seaman Bechtel, 1894-1985),美国童书编辑、评论家、作家和幼师。1919年,她成为麦克米伦出版公司美国分公司新成立的童书部的编辑,并且是美国出版社主导成立专门童书部门的第一人。

萝丝是玫瑰[1]

1　原句为 Rose is a rose,其中萝丝(Rose)和玫瑰(rose)在英文中为同一个单词。

从前世界是圆的你能在上面四处走到处转。[1]

随处都自成一片天地随处都有男人女人小孩狗奶牛野猪小兔子猫蜥蜴和其他动物。世界就是如此。而每个人每只狗猫山羊兔子蜥蜴和每个小孩都想告诉大家有关这个世界的一切他们还想说说有关自己的一切。

然后还有萝丝。

萝丝是她的名字可如果她的名字不是萝丝那她还是萝丝吗。她常常这样想她总是想了又想。

如果她的名字不是萝丝那她还是萝丝吗如果她有个双生姐妹那她还是萝丝吗。

可说到底她就叫萝丝而她爸爸叫鲍勃妈妈叫凯特她伯父叫威廉伯母叫格洛丽亚祖母叫露西。她们都有名字而她的名字是萝丝,但如果她的名字不是萝丝那她还是她常常为此而哭泣那她还是萝丝吗。

现在我要告诉你世界是圆的你能在上面四处走到处转。

---

[1] 格特鲁德·斯泰因被称为"现代主义之母",她的写作风格先锋、另类,注重语言的韵律。她在文字的使用上摒弃传统意义上的语法。因此,为了完整呈现这位大作家的风格特色,译者翻译时遵从了原作的节奏韵律,而未按中文语法规范添加标点符号。下同,不一一加注说明。——编者注

萝丝有两条狗又大又白的一条叫洛夫[1],又小又黑的一条叫皮皮,又小又黑的这条不是她的可她硬说是,它是一个邻居的它从来都没喜欢过萝丝而这是有原因的,萝丝还小时,她现在九岁九岁可不算小不萝丝不小了,总之她还小时有天她带着皮皮她命令它去做点儿事,萝丝喜欢命令他人,至少在她还小时她喜欢这样做,她现在快十岁了所以她现在不再命令别人了可那时她就爱这样干而且她还对皮皮下了命令,皮皮可不乐意,它不知道她想让它做什么可就算它知道了它也不会乐意,没人乐意去做别人命令他们去做的事,所以皮皮不干,于是萝丝把它关进了一间房里。可怜的皮皮它早就被训练过绝不能在屋里做本该在屋外做的事可被单独留下把它紧张坏了它做了不该做的事,可怜的皮皮。后来它被放出来时四周站满了人但皮皮还是准确无误地在那些腿之间一路穿行直到它找到萝丝的双腿随后它上前在她的腿上咬了一口然后逃

---

[1] 英文名是 Love,英文中也有"爱"的意思。

掉可没人能责备它不是吗。那是它唯一一次咬人。它再也不肯对萝丝说你好而萝丝总说皮皮是她的就算它不是，这样她才能忘记它再也不想说你好。如果皮皮是她的狗那没关系它不用非得对她说你好可事实究竟如何萝丝知道皮皮知道他俩都知道。

  萝丝和她的大白狗洛夫相处得很愉快他们一起唱歌，这是他们唱的歌。

  洛夫喝了口水它喝水时，那声音就像一首歌一首好听的歌于是它喝水时萝丝就开始唱歌。这是她唱的歌。

   我是个小女孩我的名字是萝丝，萝丝是我的名字。
  我为何是个小女孩
  我为何叫萝丝
  我何时是个小女孩
  我何时叫萝丝
  我在何处是个小女孩

我在何处叫萝丝

　　我是哪个小女孩是那个叫萝丝的小女孩吗但哪个小女孩才叫萝丝呢。

她唱这首歌时洛夫伴着她的歌声喝着水。

　　我为何是个小女孩
　　我在何处是个小女孩
　　我何时是个小女孩
　　我是哪个小女孩

唱这首歌让她很难过她开始哭了。

　　她哭时洛夫也跟着哭它抬起头看着天空它开始哭了它和萝丝萝丝和它哭啊哭啊哭直到她停下来到最后她的眼睛都变干了。

　　而长久以来世界一直是圆的。

威利是威利

萝丝有个堂兄叫威利他曾差点儿被淹死。他曾两次差点儿被淹死。
那很刺激。
每次都很刺激。

世界是圆的有面湖在上面那湖也是圆的。威利去湖里游泳，他们一伙儿三个男孩都在游泳那儿还有一伙儿男人他们都在钓鱼。

　　圆形的湖都有底也有睡莲美丽的睡莲白色的睡莲黄色的睡莲但不一会儿一个小男孩紧接着另一个小男孩都被她们困住了，睡莲只能远观不能近玩完全不能。威利是其中一个另一个小男孩是其中另一个第三个男孩年龄稍大点儿他冲他们喊快回来可他们，威利和那个小男孩他们回不来，睡莲不是存心要困住他们但也不放他们走。

　　于是那个大男孩朝那伙儿男人求救快来救救他们他们没法从睡莲里脱身他们就快被淹死了快来救救他们。但那伙儿男人他们刚吃过饭钓鱼的时候总容易吃撑所以你绝不能在饭后立刻下水，那伙儿男人都明白这个道理所以他们能做什么呢。

　　那个大男孩很善良他说他不会丢下威利和另一个小男孩不管，于是他跳进睡莲丛中他先拖出那个小男孩再把威利拖出来就这样他把他们俩都拖上了岸。

就这样威利没有被淹死虽然那面湖和这个世界都是圆的。

那一次威利没有被淹死。

另一次他没有被淹死是他和他爸爸妈妈还有堂妹萝丝在一起的时候。

他们正要上山雨却起劲地下了起来，你知道的如果雨下得又凶又急那可不是小打小闹那简直就是洪水猛兽。

所以车往山上开雨往山下冲然后然后啊然后出现了一捆干草，你知道干草是什么吗，干草就是被割下的青草青草被割下了就是干草。算了这不重要。

干草自顾自地滚下来却卡在了半路上。干草就该待在原地等着被运走但这捆干草例外，倾盆的大雨外加这捆一路滚来的干草形成了一座大坝所以水没法排走水钻进车里又不知是谁开了车门于是水越积越多而威利和萝丝都在车里水已经多到足够淹死威利肯定能淹死威利还可能淹死萝丝。

还好就在这时那捆干草滚开了，干草滚开了水就退了车也稳了于是那天威利和萝丝都没有被淹死。

很久以后他们有很多话要说但他们都知道他们当然知道世界真的是圆的而他们没有被淹死。

现在威利也变得爱唱歌。他是萝丝的堂兄他们的家人都爱唱歌，但威利没有大狗可以一起唱所以他得和别的什么一起唱于是他和猫头鹰一起唱，这样他就只能在夜里唱他还真就在夜里和猫头鹰一起唱了。一共有三种猫头鹰可爱的白色的[1]会咕咕叫的每天夜里威利都和猫头鹰一起唱歌而这是他唱的歌。

   我叫威利我不像萝丝
   不管发生什么我都是威利，
   就算我叫亨利我还是威利
   我就是威利永远都是威利。

---

[1] 在法国童话中是种白色羽毛的猫头鹰。

然后他会停一停等等猫头鹰。
那只可爱的猫头鹰叫声嘹亮穿透月亮
  你是谁你是谁。

威利不像堂妹萝丝唱歌不会让他哭泣只会让他越唱越兴奋。
月亮当空月亮是圆的。
寂静无声。
就在那时威利开始唱歌。

  淹没
  遗忘
  牢记
  我在思考

那只白色的猫头鹰打断了他。

  是吗
  对吗
  每只猫头鹰的每只眼睛都是圆的。

每件事都让威利兴奋,他变得更加兴奋于是他唱

从前世界是圆的月亮是圆的
湖泊也是圆的
而我差点儿就被淹死了

那只会咕咕叫的猫头鹰开始咕咕叫

呼噜呼噜
你的名字叫威利
你生来就是威利
你是一个小男孩
而这就是你
呼噜呼噜

沉静

威利睡着了
周围的一切开始骚动
威利在梦里翻了个身嘴里嘟囔着
圆的沉没

目睹一场惊喜

萝丝不在乎月亮,她喜欢的是星星。

曾经有人告诉她星星是圆的而她真希望他们从没告诉过她。

她的大狗洛夫对月亮也不在乎对星星也不在意。就算月圆的时候它也没注意过月亮，它喜欢的是汽车进出时车灯亮起的光。这会让它兴奋甚至能让它叫出声，洛夫不是条爱叫的狗皮皮才是。皮皮常常会叫，它会说汪汪它真的会，如果你仔细听的话它真的会。

　　有天夜里他们开车外出，没有皮皮，皮皮不是萝丝的狗，这你得记住，但萝丝带着洛夫汽车还开了灯所以谁会去听月光静静的流淌声，萝丝没有洛夫没有那只小兔子也没有，他们都没有。

　　那只小兔子就出现在正前方它就在灯光里它看起来像是故意这样但其实它只是不受控制，真的那只小兔子只是控制不了自己。

　　车是萝丝的爸爸鲍勃开的他刹住汽车却对小兔子没有丝毫影响。

　　车灯很亮很亮的东西会让小兔子迷惑它还没适应亮光。

　　所以那只小兔子手舞足蹈从一盏车灯前跳到另一

盏车灯前怎么也恢复不了正常，爸爸鲍勃说放出洛夫也许它能让兔子离开，于是他们让白狗洛夫出动他先看见车灯然后看见兔子接着上前向兔子问好，这就是洛夫，它总是上前问好它会对一条狗一个人一个小孩一只小羊一只猫一个厨师一块蛋糕或随便一样东西问好它只是问声好但它向那只小兔子问好时小兔子完全忘了灯光有多亮它立即从灯光里逃开了大狗洛夫很失望因为小兔子还没有向它问好，还没有回应它，于是它上前追赶，当然了小兔子肯定比随便哪只白狗都跑得快就算那只白狗友好又善良就像洛夫一样，它也没追上。那是个美好的夜晚洛夫跑回车里爸爸鲍勃开着车回家当然了就在小兔子逃跑时萝丝唱起了歌她的歌是这样开始的。

    天哪
    多美的天空啊
    玻璃笔
    萝丝还真有一支玻璃笔

何时啊何时
　　小小玻璃笔
　　说说在何时
　　那只小兔子不再来。
　　何时呢
　　那时啊
　　笔这样回答

萝丝突然哭了起来。

她真的突然哭了起来。

不久后萝丝该去上学了。她去的学校里有高高的山，那么高萝丝从来都没真正看清过它们的模样。萝丝觉得这样挺好玩。

学校里还有其他女孩所以萝丝没有那么多时间用来唱歌和哭泣。

老师告诉她
世界是圆的
太阳是圆的
月亮是圆的

星星是圆的
而且它们都在转啊转
悄无声响。
这可真伤感这差点让她哭起来
但过后她就不再相信
因为山那么高,
所以她想她最好还是唱歌吧
然后一件可怕的事发生了
她想起她还小的时候
有天她在唱着歌,
有面镜子对着她
在她唱歌时她的嘴型是圆的还在动啊动。
噢天哪噢天哪是不是每样东西都会变圆都会转啊转。除了努力去记住山很高它们能让所有事停下来外她能做什么呢。
可她没法一直记忆或一直去遗忘她当然没法但她可以唱歌她当然可以她也可以哭泣她当然可以哭泣。
唉天哪。

威利和他的歌唱

威利生活了这么久
他当然总能编出首歌
最让威利烦恼的事
是在没有刮风的时候

一根树枝竟能在树丛里晃动

就像起了风一样。

奔跑时他知道

唱歌时他知道

他知道谁

谁才是威利

他就是威利

一直都是。

威利离开不是为了留下。

威利离开从不为了留下

那不是威利。

但有一次他离开是为了在一个地方留下一个他曾见过的地方。

他曾见过那儿。

那儿有一幢小屋边上还有两棵树。

一棵树有时能繁衍出另一棵树。

威利

他会留下吗。

片刻间没人会惊讶冬天也有滚滚雷声冬天也有电闪雷鸣。

噢威利。

威利离开当然不是为了留下。

但威利可以唱歌。

啊对他唱了一首歌。

他唱了一首关于一幢屋子两棵树还有一只兔子的歌

他唱了一首关于一只蜥蜴的歌。

一只蜥蜴爬上墙，它从屋顶爬出来可怜的小蜥蜴它接着摔下来。

它扑通一声摔下来。

威利见过它。

威利说，如果地球是圆的蜥蜴会摔下来吗。

答案是会的只要有个屋顶在头上。

小蜥蜴它摔断了尾巴却还没死。

威利坐下休息。

真有趣他说，蜥蜴竟然不是从墙头上摔下来的，这可真有趣威利又坐下休息。

威利做过的事情之一就是坐下休息。

他喜欢猫和蜥蜴，他喜欢青蛙和鸽子他喜欢黄油和脆饼，他喜欢花朵和窗子。

有时它们会需要他它们需要他时他就会和它们说说话。

然后他开始唱歌。

他唱。

带给我面包
带给我黄油
带给我乳酪
带给我果酱
带给我牛奶
带给我鸡肉
带给我鸡蛋
再来点火腿

这就是威力唱的。
突然间
世界变得越来越圆。
星星变得越来越圆
月亮变得越来越圆
太阳变得越来越圆
而威利威利决定把她浇灭,不是萝丝不是萝丝而是他的悲伤。
他喜欢唱歌他觉得兴奋。
这就是威力唱的

> 相信我因为我要告诉你
> 如果我知道我就是知道
> 我是威利我就是威利噢
> 噢威利要威利向所有人宣告

是的他说,他说是的。
然后威利又唱了起来。

从前见到自己我就跑。
从前没人见过我是怎么跑。
从前发生了一些事
从前没有人见到
可我随心所欲
随心所欲跑遍全世界。
我就是威利。

威利又停了停重新开始唱。

他唱啊唱。

是时候威利得做点事了,世界处处丰饶为什么不呢,威利继续跑,他想看看还能遇见什么。

真有趣威利说一只小狗远远看见另一只小狗而我,威利说,而我看见了一个小男孩。

好吧那只狗说小狗都很有趣

好吧威利说小男孩都很有趣。

不用怀疑威利有事要做而现在正是去做的时候。

威利和他的狮子

威利有爸爸威利有妈妈

威利就是这样。

威利和他爸爸去一个小地方那儿的人会贩卖野兽。

如果世界是圆的野兽能从地里冒出来吗。

威利爸爸带他去的地方不是野兽的家乡,它们并不总是在那儿被交易但它们总待在那儿。那儿的人们拥有它们。野兽跟着他们乘船过河跟着他们登堂入室。那儿的每个人都有只野兽他们总把它们带在身旁。

没人知道那群野兽是怎么到那儿的。如果世界是圆的它们能从地里冒出来吗但无论如何每个人都有只野兽有时有人会卖掉一只,通常大家都会卖掉一只。

威利的爸爸去买了一只。哪一只。这由威利说了算。看到野兽乘船可真好玩,一只野兽乘游艇,一只野兽乘帆船,一只野兽乘快艇。

那座小镇真好玩如果不是每个人都有野兽作伴这里就不会好玩这里就会和其他地方一样,男人女人小孩常常乘船过河还有野兽作伴当然了野兽很凶猛,它们当然很凶猛。

那儿是个好玩的地方。

威利哪儿都去过所以他当然去过那儿,更别提是他爸爸带他去的那儿。那儿是个好玩的地方。常常别人给什么,威利就要什么。所以他希望他能有只野兽。随便哪一只。每个人都有一只威利当然也想要一只,随便哪一只都可以,只要它属于他。

威利还真有了一只。

哪一只。

那里有大象,坐在游艇里的大象,威利没要它。

还有坐在帆船上的老虎,威利没要它。威利要了一头狮子,个头不大,除了让人害怕看起来和萝丝的小狗洛夫还挺像。就算是小狮子也会让人害怕何况这头相当大。威利开始唱歌,唱歌让人兴奋他唱啊唱他不是对着狮子唱但他唱的歌是关于狮子变兴奋,是关于猫老虎狗和熊是关于窗户帘子长颈鹿和椅子。那只长颈鹿的名字叫莉齐,它真的叫莉齐。

威利很兴奋他差点停下不唱但只要看到他的狮子他又开始唱。唱啊唱。这是他唱的歌。

　　　　四周都是圆的。
　　　　很多狮子老虎袋鼠金丝雀
　　　　它们都在四周转。
　　　　为何呢。
　　　　因为世界是圆的
　　　　它们总在那儿。
　　　　每只小狗都害怕。

然后他低声唱

　　　　就算要下雨
　　　　就算什么都会变

然后他提高嗓音

　　　　狮子依然是我的选择

过了很久他坐下来哭泣

他说瞧,现在我变得就像堂妹萝丝一样。
是的
他真是这样。
他差点就不是威利了。
噢他还会是威利吗。
只要拥有狮子他就不会是。
他就不会是。
这可真很糟糕越来越糟突然他说。

　　只有两只装满黄桃的篮子而我却都霸占着。

他轻声说。

　　而我却都霸占着。

威利真的霸占着,那些可爱饱满的黄桃又圆又黄充满桃香可只装了两只篮子威利却都霸占着。
于是威利振作起来他决定把狮子送给堂妹萝丝。

会不会狮子不是狮子

要把狮子送人可不容易

你觉得呢

我觉得要把狮子送人可不容易。

萝丝和威利的狮子

有头狮子叫做狮子所以狮子狮子是它的名字。

萝丝哭了起来。

就试一下

别让萝丝哭了

就试一下。

这是威利对狮子说的话

在他把狮子送给萝丝时说的话

送的是他的狮子。

噢是的是他的狮子。

然而事情比这更复杂。

萝丝了解了狮子他的狮子威利的狮子以后她就想起了她的大狗洛夫。它的毛发曾被修剪成狮子的模样可它毕竟不是一头狮子。这事发生在洛夫三个月大的时候那时它还没见过狮子。

洛夫不是条爱叫的狗，它既不乱叫也不乱咬它三个月大时还从没叫过。

他们开始担心生怕它不会叫，就像小孩不会说话一样。但这不重要。

有天萝丝和她爸爸鲍勃妈妈凯特祖母露西和伯父威廉一起去骑马小洛夫也跟着他们。洛夫有只粉色的鼻子有双闪亮的蓝眼睛全身都是可爱的洁白的毛。它喜欢吃芦笋它吃芦笋时它玫瑰色的鼻子就会因为喜悦而发红，但它从不乱叫，甚至不对猫和芦笋叫。但就在那天那天它突然站了起来它受了惊吓它叫了起来。它受了什么惊吓。一辆大卡车停在乡野中央车上放着笼子笼门紧闭笼子里关着狮子老虎熊和猴子洛夫无法忍受于是它叫了起来。

那时萝丝还很小非常小小到几乎没法唱歌但她还是唱了一首。

这就是她唱的歌

> 洛夫怎么知道它们有多生气
> 它们很生气非常非常生气
> 洛夫怎么知道它们是谁

　　　　它还从前没见过它们。

然后她继续唱。

　　　　如果猫被关在笼子里
　　　　这会不会让它生气。
　　　　 如果狗待在屋顶
　　　　这会不会让它远离
　　　　但有没有证据
　　　　能证明它是条狗它待在屋顶。
　　　　所以
　　　　噢
　　　　洛夫怎么知道
　　　　那群野兽很生气。
　　　　是的那群野兽很生气。
　　　　如果回归自然它们还会生气吗，
　　　　如果没人管我如果没人管你
　　　　你会生气吗噢你还会生气吗

萝丝哭了起来。

她开始尝试

她开始否认

否认野兽会躺下。

轻轻地躺下没有死去只是躺着。

然后萝丝又开始唱歌。

我知道，她说，我知道我能唱歌

而这最重要。

我希望，她说，我希望我知道

为什么野兽会生气。

为什么它们会生气为什么为什么，

为什么它们会生气噢为什么，

萝丝接着又哭了起来。

洛夫睡着了它知道自己能叫，

所以为什么要坚持不睡去听萝丝又哭又唱

又哭又唱，为什么要听呢。

洛夫说。

为什么要听呢。

从那以后再看到野兽洛夫就会像别人一样不乱叫只把脑袋转开好像在说，我叫过一次不会再叫第二次了，野兽一点儿也不好玩。

洛夫通常在梦里叫。

它会做梦。

做梦的时候，它会发出沉闷的叫声，

就像别人做梦时一样。

洛夫从没说过喜不喜欢做梦，但它仍会做梦仍在做梦时发出叫声。

萝丝听说堂兄威利有头狮子后就开始满脑子胡思乱想。

萝丝在想

如果世界是圆的狮子会不会掉下来。

最喜欢的颜色

四周没人时萝丝会弄出点声响
萝丝噢萝丝低头看着地面
你看见了什么
你看见这世界并不是圆的。
当萝丝知道狮子的颜色真的不是蓝色时她这样说。
她当然知道狮子不是蓝色但蓝色的是她最喜欢的颜色。

她的名字带着玫瑰色而蓝色是她最喜欢的颜色。但狮子当然不是蓝色的。萝丝知道狮子当然不是蓝色但蓝色才是她最喜欢的颜色。

送还比利

那头狮子有个名字，它的颜色不是蓝色但它和别人一样也有个名字它的名字叫比利。威利是个男孩而比利是头狮子。

把比利送还威利

事情是这样发生的。

萝丝当然不能把狮子留在学校里，就算它的颜色是蓝色是她最喜欢的颜色她也不能留着它更何况它的颜色是黄棕色是狮子本来的颜色她当然不能留着它就算它有名字也有鬃毛就算它的名字叫比利那又怎么样。

但事实上你可能会说可能真的会说萝丝从来就没真正拥有过它，狮子从来就没进过校门，当然了如果连羊羔都进不了校门那哪还要问狮子能不能。

校门外有个男人有只鼓，他坐在自行车上鼓也放在车上他开始击鼓萝丝听到他的鼓声就来到校门口那个男人大声喊着二选一二选一，要么有狮子要么没狮子，二选一，二选一。

萝丝开始唱歌她忍不住开始唱歌，泪水在她眼里打转，她忍不住她开始唱歌，她只是忍不住了。

鼓声继续，二选一，那个男人叫喊着，

都不选，萝丝大叫他不在这儿也不在那儿，这儿没有狮子那儿也没有狮子，都不选，萝丝大叫它不在这儿也不在那儿。男人开始击鼓鼓声越传越远鼓是圆的车轮也是圆的它们能四处走到处转它们四处走到处转时那男人噘圆了嘴巴不停说二选一，二选一，直到

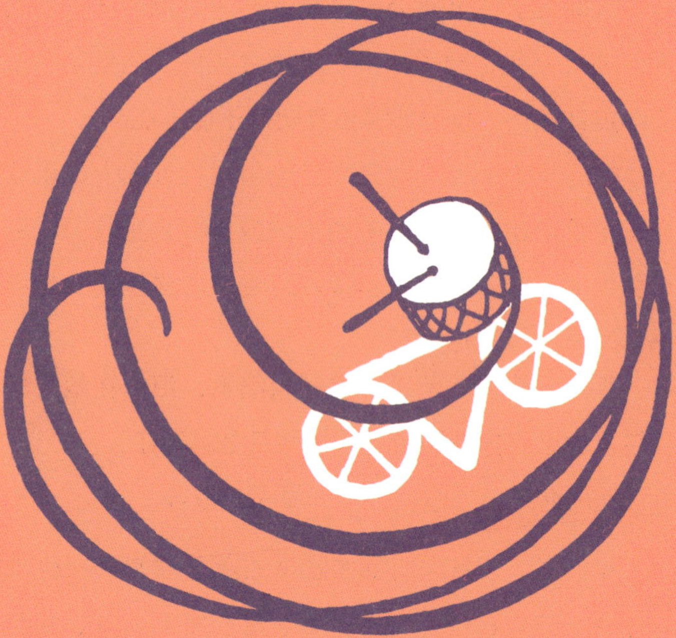

再也没有没有了鼓声没有了自行车也没有了男人。

所以萝丝被留在了校门口她没有知道更多有关狮子有关狮子比利的事于是她缓缓唱起了歌。

比利会归还威利，
威利会拿回比利，
没有蓝色的狮子
所以没有狮子是给我的
但有只狮子是给你的

噢威利威利是的有只狮子是给你的，一头棕色的狮子一头活生生的狮子是给你的你从来都不知道永远也不会知道我根本就不想把那头狮子从你身边拿走亲爱的威利可爱的威利拿回去吧把你的狮子拿回去吧，因为，她开始对自己低声说话好像把自己当作威利一样，因为如果狮子是蓝色的我会找你要一只找你要一只或给你一只都行亲爱的威利可爱的威利没有蓝色没有蓝色的狮子没有狮子是蓝色的，都没有，萝丝哭着说都没有，就在她说都没有的时候，一扇门出现了，萝丝边抽噎边穿过那扇门于是她再也再也不会记得她曾见过一只狮子，她见过吗。

从前

  从前威利总在那儿他当然在那儿那儿就是威力待的地方而狮子他差点忘了还有头狮子他差点忘了它还有名字威利很感兴趣他想知道有没有孪生的蜥蜴就在这时他听到一阵铃声那是狮子比利狮子回来了于是威利忍不住他必须开始唱歌他唱了一首歌歌名叫

  再把比利带回来。

  把比利带回来。

  比利怎么能回来呢。

  连可能都没有这怎么会发生。威利这样说，比利怎么能回来呢，怎么能，怎么能。

  比利还是回来了，比利回来时还是只狮子吗，不威利说，比利回来时不是头狮子，比利回来时会变成小猫吗，不威利说比利回来时不会变成小猫，它回来时会变成老鼠吗，不威利说它不会变成老鼠。那会是什么威利说比利回来时会变成什么，它会变成孪生儿威利说比利回来时就会变成这样。

威利开始大笑他笑完后又紧接着开始笑。这是威利不是比利，比利从来不用笑比利从来都不用笑因为比利是头狮子而狮子从来都不用笑。

这就是关于狮子比利的故事它从此消失了它不在这儿也不在那儿不在那儿也不在这儿，狮子比利不见了。狮子比利的故事讲完了。

山顶上的椅子

真实存在的山是蓝色的。

萝丝知道它们是蓝色的蓝色是她最喜欢的颜色。
她知道它们是蓝色的它们或远或近就像雨时下时停。
不管哪一天雨都可能下或可能停。

所以萝丝仔细观察天哪山真的能变成蓝色。

然后有一天她发现附近有座山随后事情都变得明朗。

就这样萝丝知道该说些什么了。

听着。

山很高，上面是天空，离雨很近，山很明净山是蓝的而这都是真的一座山两座山三座山四座山有山的地方就有更多山。

就算山在家门前也一样。

所以萝丝每天走在路上都有话想说。

萝丝在那里上学。

那儿有山山是蓝色的，噢亲爱的蓝色纯粹的蓝色，亲爱的蓝色甜美的蓝色是的它们都是蓝色的。

然后萝丝开始思考。萝丝很有趣她时不时就会开始思考。她会对爸爸鲍勃说，爸爸我要抱怨一下，我的大狗洛夫不听我使唤。

萝丝常常思考。如果你的名字叫萝丝你就很容易会去思考。没有人的名字叫蓝色，没有人，为什么没有呢。萝丝从没考虑过。萝丝常常思考她考虑过很多事但她还真没考虑过这件事。

但说到山萝丝当然有考虑过山山变成蓝色时她考虑过蓝色山顶飘浮着羽毛一样的云朵时她考虑过羽毛她还考虑过鸟一只小鸟两只小鸟三只四只六只七只十只十七只三十只四十只小鸟全部飞出来随后一只大鸟也飞出来那群小鸟飞啊飞它们飞得比大鸟高它们紧接着俯冲一只两只五只然后五十只冲俯下去啄掉大鸟头顶上的绒毛于是大鸟往山谷间缓缓坠落而小鸟们全都飞回家去。吓走大鸟后小鸟们真的全都飞回家了。

　　萝丝思考时她是如何思考的。萝丝会发动眼睛脑袋嘴巴双手一起思考，她会发动全身一起思考然后为了放松耳朵和大脑她会开始唱歌。

　　她唱了一首有关山的歌。

　　她唱

　　　　亲爱的山高大的山真实的山蓝色的山是的山高耸的山所有的山我的山，我会带着我的椅子来爬山一旦爬上山顶一旦爬上我就会思考，山很高，谁还在乎天空呢不管山在哪儿我都要爬上山顶。

泪水涌进她的眼睛里。

是的山顶她说是的我会到那儿。

然后在她仰望四周时她发现有座山有顶山顶上有片草地草地向顶点蔓延而在山顶上噢对啊在山顶上萝丝可以放把椅子坐在那儿是的她很想她很想放把椅子在那儿然后不管是哪里不管是哪里她都能看得见她要坐在椅子上，就坐在那儿。

她开始行动她是这样行动的。她独自出发。她和椅子要到达山顶，但那里不是蓝色的，不亲爱的那里只是绿色的，草地树木岩石都是绿色的那里不是蓝色的那里没有蓝色但蓝色一直是她最喜欢的颜色。

带把椅子上山

萝丝要决定的第一件事是她要带把什么样的椅子上山。她可以带把轻巧的折椅但这在山顶可不怎么好看。

她想要一把在山顶上显得好看又坐着舒服的椅子因为一旦她翻山越岭到达山顶她就会坐上很长一段时间它还得是防水的因为云就是雨而山顶上肯定有云。

不管萝丝考虑得多周详总会冒出更好的想法可无论如何，都得有把椅子在山顶上。

当萝丝意识到她要爬山还要一直爬时她就知道她要离开一整天她也知道不管她爬得多努力这都无法改变。她知道她并不知道她要爬的那座山的名字但她知道它有个好名字，随便什么名字都是个好名字，随便给它个名字都会是个好名字，但那座山也许那座山压根就没有名字如果它真没有名字那哪还会有什么好名字。如果它真没有名字那椅子还能放在这座没有名字的山的顶上吗。

萝丝想着这些就觉得有趣她不由自主就开始觉得很有趣。

你觉得萝丝还是朵玫瑰吗

如果她最喜欢的颜色是蓝色

鼻子能变成蓝色玫瑰却不能可萝丝是朵玫瑰并且她最喜欢的颜色是蓝色。

而现在她得做好决定。

那把椅子该是绿色还是蓝色
那把她要带上山的椅子
在那儿
她要坐在高高的山顶上
就在天空底下
但你要永远记得不管这听起来如何世界都是圆的。要记得。

所以除了决定椅子该是绿色还是蓝色萝丝还有很多事要做。

她得思考一下数字142。为什么。
因为数字是圆的。
她只会带把椅子去爬山。
路途很遥远
所以
从早走到晚她到达不了那里。
但再从晚走到早她就会到达那里她还有那把蓝色的椅子。

旅程

　　这不是一场旅行她必须握紧那把蓝色的椅子有时情况紧急不是因为萝丝而是因为什么事都可能发生这让萝丝害怕极了。

这是她的旅程

她决定好要带哪把椅子了一把蓝色的椅子一把蓝色的园椅沿途的刮擦外加雨水露水还有一路的搬运都能损毁一把椅子但不会损毁一把蓝色的园椅。

于是萝丝一大早就出发这样就没人能看到她和她举在胸前的椅子山很高天空也很高世界是圆的土地相连而她要出发了，就算山不会长高就算天空没有飘雪就算这样也有很长一段路要走，你只要爬一爬山就会知道。噢天哪。

那我该出发吗萝丝边走边说，没人喜欢出发但也没人给否定的回答所以萝丝出发了，就算这样她还是出发了。

你知道吗她出发时天色尚早
小鸟开始苏醒了
然后她听到有小鸟边飞边发出有趣的叫声。
她想起堂兄威利但这没什么好处。
我很好奇，那把蓝色的园椅是带扶手的还是没带扶手。

上山

  山坡能变成山,奶牛能变成猫,
温度在飙升而她在哪儿呢。
  她怀里抱着椅子正在爬山,她对四周时刻充满警觉。为什么不呢,椅子是不错但有时天会冷得让人丧失勇气热得毫不像话有时天空会白得没有一丝蓝色,有时又红得让人不喜欢这些时候椅子都没法用来说说话。她叫噢威利但威利不在却传来一丝声响只有一丝声响循着响声能看见一双眼睛循着眼睛能发现一根尾巴然后萝丝发出了一声哀嚎，萝丝说我希望我没有死如果我死了我就会扯破我的衣服，黑莓是黑的蓝莓是蓝的草莓是红的你也是红的，萝丝对自己说这都是真的。她不能坐在她的椅子上因为一旦她坐在她的椅子上她就会以为她到达终点了天哪那她就没法看到山到底有多高她知道会这样是的她知道会这样那些小鸟在飞的时候她没法像它们一样不管她怎么尝试她也没法哭没法唱因为四周的一切以她为中心把她包围了她几乎不能动只能一点一点移动椅子被困住了她也被困住了但她不能下山因为她不知道下山会去往哪儿，下山的路通往各处，上山的路只通往山顶，天哪萝丝在哪儿她在那儿真的她在那儿没被困在那里但差点儿真的差点儿就真的被困在了那儿。现在一切都变了如果没有山没有一把椅子陪着她她就不会在意但她没有逃跑她从来都不逃跑，没有罐头，她正好不饿一点也不饿，一切都在拖着她，可如果她停下来她就会害怕，跑啊跑让椅子变成人，啊椅子能不能让椅子变成人这样我就不会如此害怕，萝丝一边说一边尽量不看自己的头发。天哪头发椅子跑步变成人，萝丝尽量让自己变得开心起来。不管是谁只要是独自一人爬山还只拿着一把蓝色的园椅而且又待在山林中那他就能看见是什么在跑。是水是鸟是老鼠是蛇是蜥蜴是猫是奶牛，是树是刮擦的声响，是树枝，是苍蝇，是蜜蜂但不会是拿着椅子的萝丝，萝丝拿着椅子唯一敢做的就是不盯着看而是继续爬山。

　　她真是这样做的。

白天和夜晚

她睡醒了吗还是在做梦梦里堂兄威利听到了她的叫声。

她原地睡着了双手环抱着她的椅子。

她从没拖着椅子走她一路抱着它它甚至有点儿像

根手杖，她依偎着它继续爬山然后四周突然静止，她听到一阵躁动的响声于是她想起她的堂兄威利他的狮子比利比利从不安分但那叫声不是它，不不是它，一点儿不像完全不像它，那是个会动的东西还可能很胖。胖的东西发起怒来会发出那种躁动的响声也会静止不动闻起来还是像堂兄威尔[1]的狮子。你爬山时什么事都可能发生。高山比山坡难爬许多也沉静许多。继续往上爬。

那个晚上

萝丝继续闻继续呼吸继续推继续挤继续打滚，她有时打个滚，继续前行。山腰上的一切都在动，岩石在滚动，石块在翻转，枝条在抽打，树木在生长，花朵在炫耀动物在发光是它们的眼睛在发光四周的一切

---

[1] 威利的昵称。

都在动都在转而萝丝就在那儿椅子也在那儿。

  过去多少分钟才能让一秒有意义过去多少小时才能让一分钟有意义过去多少天才能让一小时有意义过去多少个晚上才能让一个白天有意义找到萝丝了吗。萝丝从没迷路过哪需要被找到就算一切都在四处走到处转。

那个晚上

山顶全变成玫瑰色的时刻人们称它为高山辉[1]虽然萝丝的名字带着玫瑰色但蓝色才是她最喜欢的颜色。

然后她就想起她听说过,

---

[1] 又称"染山霞",指山顶的光线在某些时刻看起来略带红色,是由于太阳光线被山上的雪或大气中的水珠或冰粒折射而形成的一种现象。

夜里见到红色会让水手高兴

清晨见到红色会让水手警惕[1]

她说这是玫瑰色还是红色

她说这是早晨还是晚上

她说我是醒着还是睡了，

她说也许水手压根就不明白这道理而只是道听途说。

然后她想起她听说过的事和小鸟无关但和蜘蛛有关，晚上见到蜘蛛要高兴但早上见到蜘蛛就得特别警惕。

然后她想起如果你把鞋子放在桌上那就会招来噩运，但她没有桌子她只有一把椅子何况在这么高的山上她根本就没法把鞋脱下天空从蓝色变成了灰色再变成有趣的黑色，然后她想起了月亮，如果你透过一扇玻璃窗观看新月这不会带来噩运这不会但就在她要开始觉得害怕时她想起毕竟她从没关心从没在意过月亮所以怎么观看又有什么重要呢。然后，

---

[1] 源自西方古谚语："晚上天空是红色，水手会高兴。早晨天空是红色，水手会警惕。"古人通过天空的颜色来预测隔天的天气好坏。

然后她想起如果你看到一个侏儒女孩或女人那会很可怕比咳嗽还可怕真的很可怕比什么都可怕然后在她就要开始哭泣时她想起，她不是真的想要哭泣，她只在唱歌的时候才哭，她一心一意爬山没有心思唱歌所以她想起那是真的如果你看到一个女侏儒那一切都会完蛋一切都会结束根本没法挽回。然后她想到如果她看到的是一个侏儒男孩或男人不是精灵没有比这更

傻的了而是侏儒一个本该长大的小东西如果她真的看到它而且它不是女的而是男的那所有的事情都会好转她会战胜高山高山再也不会难倒她。

就在那时有个东西出现了是钢笔是笼子还是小木屋呢不管怎样都被她瞧见了，她看到那是一个侏儒，不是女的而是男的它知道怎么逃跑，于是它逃跑了，所以萝丝啊萝丝像只母鸡一样欢乐她跌坐在她的椅子上环抱住那把蓝色的椅子。

然后她说那可能不是侏儒那可能是个小男孩那我就能把他当作玩具，她知道小男孩都是什么样因为她有个堂兄名字叫威利虽然他还带着一点儿傻气。萝丝就是这样想的但不是在山上在山上她不才管威利傻不傻气只要他能陪着她就好。

夜晚

萝丝不需要威利，现在是晚上她没有在休息但为什么她会觉得威利在唱歌在唱没有萝丝的一天是怎么度过的。想着这些她差点就要放开椅子一路下山离开不再回来。然而威利当然没有来。为什么没有来他可是威利啊。为什么没有来。

所以萝丝继续爬山。

现在真的很晚了她能看到星星星星很明亮，她想起有人说星星很亮就会马上下雨她知道雨水不会损坏椅子但她不喜欢四周一片水亮。噢天哪那个侏儒男人在哪儿呢，一个人离家的时候你就会轻易相信别人说的任何话。

萝丝近距离看见了它

萝丝近距离看见了什么，她永远也没法说出口而这或许也没差，但如果她真的说出了口那噢天哪那她跌倒时究竟看到了什么。可怜的萝丝。如近距离看见了它。她再也不要待在那儿了，椅子快带上椅子去哪儿都行只要别再待在那儿。

萝丝拿着椅子继续前行，四周一片黑暗如果不是明亮那就是黑暗，好吧，好吧没关系当然没关系现在是晚上，而晚上就该是这样。

夜晚

水能做什么。

它能坠落它真能

它是露水时它能蒸发但它坠落时，它就成了瀑布萝丝对此一清二楚，萝丝几乎知道水的所有形态，如果你仔细想想那简直多得可怕，露水湖泊河流海洋大雾云朵还有瀑布，萝丝在夜里听到了一点动静萝丝听到了，小鸟水流还有第三样东西，不是露水，不是一群而是一只水獭，一只棕色的水獭，一只长形的水獭萝丝说你不能不你不能你不能让我害怕不你不能。

    然而萝丝一直很害怕萝丝和那把蓝色的椅子还有那只棕色的水獭，如果它是蓝色的萝丝就有可能喜欢它，然后还有瀑布，瀑布，瀑布，水满了就会有瀑布。萝丝拿着椅子去瀑布后面看有没有空间放那把蓝色的椅子。高大的瀑布后面总会有空间，何况这座瀑布在晚上也非常高大。

    于是萝丝走了进去里面很暗比外面还暗她放下椅子然后她看到了她不知怎么看到的但她看到了，她真的看到了就在瀑布后面，虽然四周一片黑暗。那个词被写了三遍看起来就像用发丝写在椅子上，那个词是，噢天哪那个词是，恶魔，恶魔，恶魔，它在那儿被一口气写了三遍。那儿没有恶魔那儿当然没有恶魔哪儿都没有恶魔恶魔恶魔恶魔在哪儿呢。但就在那儿就在有把椅子的地方在黑暗里写得又大又清楚，恶魔被写在了那儿。

天哪，萝丝拿着她的蓝椅子出来了她决定不要坐在那儿。她认定她不喜欢坠落的水，水坠落水坠落，那声音听起来就像奶牛的叫声但那儿没有奶牛那儿只写着恶魔。萝丝能识字可真糟糕否则她就不会知道那儿写了三遍恶魔。有些人不识字，但萝丝不是他们其中的一员。噢不。

所以萝丝带着蓝椅子离开了那儿她不会下山更不会去那儿永远都不会再去那儿，她再也不会去有水往下坠的地方就算那水是从水龙头里往下坠，可怜的萝丝亲爱的萝丝甜美的萝丝孤单的萝丝，可怜的萝丝单独和椅子待在那儿。

所以她继续爬山越爬越高高处在闪烁，是星星在闪烁而她得做点思考。如果不思考她就会想起她见到了什么，恶魔是圆的吗，他会出没吗，他会随时出没是圆的，他是圆的会随时出没，噢天哪还是想想皮皮吧，别想堂兄威利，他会四处走到处转，威利就是这样，也别想那把蓝色的椅子毕竟椅子的座位，椅子的座位可能是圆的天哪恶魔会随时出没，皮皮咬过她的小狗皮皮，不它不是圆的，虽然它的眼睛是但它的牙齿不是，它们会咬人噢天哪她突然想起来，有人告诉她像皮皮一样的小狗聚在一起撕去咬小驴的后腿小驴跌倒后小狗就把它们吃掉它们吃完一只小驴后会不会圆得像个球，天上挂着月亮虽然有点扁但还是有点圆噢天哪那看起来就像有个小女孩走在月亮上头发一半服贴一半飞扬她没有椅子噢天哪噢天哪她在月亮上。

　　高山怎么会是这副模样看起来这么陡峭山脊这么直颜色还这么蓝而现在这些特征一一褪去她却还在爬山红色白色和蓝色都一一褪去你却还在爬山如果有只公鸡现在就是它打鸣的时刻，但是没有公鸡，也没有母鸡没有玻璃笔，只有萝丝，萝丝萝丝，萝丝突然萝丝发现她的名字里有个圈[1]而圈是圆的，噢天哪寂静无声。

---

[1] 指萝丝的英文名 Rose 中的字母 O。

那个早晨

萝丝是朵玫瑰,她不是大丽花,她不是金凤花(那是黄色的),她不是灯笼花也不是夹竹桃,萝丝萝丝快醒醒,可萝丝没睡着噢没睡着,黎明赶在日出前,黎明正适合奔跑，在日出前奔跑比较容易于是萝丝跑起来了。现在她不在会刮伤她的灌木丛里她在结了坚果的树丛中她喜欢这样，谁都喜欢这样，她也喜欢。

真奇妙那儿有这么多树才一会儿它们就都出现在了那儿，如果你绕着树干转就会发现它们是圆的但它们不会向天空聚拢生长。萝丝深吸一口气放松一下，她举起她的椅子她很高兴她在那儿在她待着的地方。

树和树下的石头

黎明不是玫瑰色的但黎明让人觉得舒适在树林中的黎明真让人觉得舒适，有人说树林简直是穷人的外套，还真是这样在树林中雨水穿不透阳光穿不透雪花穿不透尘土穿不透，不管是什么只有积累了很多才能穿透浓密的树丛，就是这样现在萝丝知道此刻都早比早晨还早，所以萝丝开始想唱歌她觉得在树林里唱歌可真美妙除了树就什么都没有，也许有石头树叶坚果蘑菇但除此外就真的什么都没有也许她要开始唱歌坐在她的蓝椅子上唱歌。然后她想这肯定会发生的只要她开始唱歌她就会开始哭泣如果她开始哭泣那不管她怎么努力她都一定会边唱边哭。她在树林中，有人说树林就像防护罩而她有她的蓝椅子作伴她得好好想想是该开始唱歌还是该开始说话。如果就你一个人就你一个人待在树林中就算树林可爱又暖和还有一把永远不会伤害你的椅子作伴，就算这样如果你听到自己的声音在唱歌甚至只是在说话只要你听到像你声音的声响只要你一个人只要你独自一个人却听到自己的声音那都会很可怕。

萝丝做了点儿事

所以萝丝没有唱歌但她得做点儿事。

那她做了什么呢她开始微笑她一直在爬山爬山不像爬楼梯而是哪里高就往哪里爬然后她看到一棵美丽的树她想对啊它是圆形的但圆形的树到处都是我要在

树上刻一句萝丝是玫瑰就是玫瑰这样它就会变得特别而不是随处可见我会听到让我害怕的声响吗。

然后她想她要把那句话刻在高点儿的地方，她要站在她的蓝椅子上把那句话刻在她能够着的最高的地方。

于是她掏出小刀，她没带玻璃笔她没带从母鸡身上取下的羽毛她没带墨水她没有带粉色的东西，她只能站在她的椅子上绕着树干一圈一圈转就算会发出一点声响她也要在树上刻下萝丝是玫瑰就是玫瑰是玫瑰就是玫瑰直到它绕成一个圈。她说也许它无法绕成个圈但她知道它肯定能绕成个圈。所以她开始动手了。

她把椅子放下她爬上那把椅子那是她的蓝椅子这让她觉得兴奋，不是因为椅子而是因为小刀因为要把她的名字刻下，她兴奋得好几次都差点从椅子上跌下。

要在树上刻名字可不是件容易的事尤其尤其是名字里带有拐弯的笔画，那就不会是件容易的事。

萝丝忘了黎明忘了玫瑰色的黎明忘了太阳也忘了她一个人独自待在那儿她得小心翼翼地去刻在玫瑰就

是玫瑰是玫瑰就是玫瑰这句话里拐弯的笔画。

她才刻了一个词那把小刀就好像变钝了所以她要找到一块贝壳或一块石头如果她把小刀放在上面用力打磨直到它闪闪发亮那它就能像之前一样好用小刀开始呻吟了。就这样她得在椅子上爬上爬下她得找到一块石头她得一直埋头苦干，到最后黎明结束了吗太阳出来了吗不管怎样到最后一切都有了进展就快完成了她在刻最后一个玫瑰就在这时就在这时她放眼望去因为诧异和惊恐瞪圆了双眼张圆了嘴她差点就要迸出一首歌因为她看到旁边的一棵树上有人来过在那儿刻了名字噢天哪那名字一模一样那儿刻着萝丝萝丝下面刻着威利威利下面刻着比利。

这让萝丝觉得很有趣这真的很有趣。

萝丝和铃声

她继续爬啊爬她说不太准现在是晚上还是白天但她知道现在应该是白天而不是晚上因为天色很亮，现在可能是的现在可能是晚上。但真的可能吗。

不管怎样她拿着椅子继续爬山她差点以为她就要到达终点了就在那时她摔了一跤但不管怎样她听到了一阵铃响，那声音叮当作响她听得很清楚那可能是块石头砸在了园椅上，可能是椅子在那儿发生了碰撞可能是只猫戴着一颗铃铛可能是头奶牛戴着一颗铃铛或是一只羊一只鸟甚至是只小狗在追一只低飞的乌鸦，可能是个电话，虽然不太像但还是有这个可能，也可能是开饭的铃声，或者根本就不是铃声而只是一声叫喊，可能是只蜥蜴是只青蛙还可能是天哪还可能是根木头，从岩石和流水上滚过，但不对那就是一阵铃声你该怎么判断那到底是不是铃声呢。

有这么多种可能这可真有趣那还可能是银币，不管怎样萝丝就在那儿她确信她听到的是一阵铃声。她听到的真是铃声吗。如果那真是铃声她能确定吗。铃声会不会越响越近她会不会越靠越近那会不会只是电闪雷鸣。

太阳四周亮闪闪铃声在响树木变得稀疏绿色在发亮。快想想萝丝快想想她终于想到了。那声音再正常不过了。在此之前她一直忙着爬山但现在她开始开始用心去听所有声音而这有点儿寂寞，这让她真觉得有点儿寂寞。

萝丝有点儿寂寞，虽然她有她的蓝椅子。她真的有点儿寂寞了。

萝丝和铃声

  铃声在响但听不到歌声萝丝继续往山顶爬。渐渐地她走出树林她在那里见到了一大片绿色的草地草地向山顶蔓延而在草地的绿色里，那绿色就是草绿色，有只孤零零的小狗一路向上像其他小狗一样摇晃着身体。萝丝噢的叫了一声差点坐了下来。从她开始爬山以来就有那么多的字句涌进她的脑袋里而这是她说出的第一个字。这当然是个圆的字。噢是个圆的字。从开始爬山以来头一次萝丝不知道接下来应该做些什么。

从前

　　回到从前，每座山的山顶都有草地都长满了草。山看起来像是被石头一路覆盖着但真正覆盖着山的其实是草地草地能让山显得优雅这可真好。

草地总是最优雅比岩石树木都优雅,树木很优雅岩石也很优雅但草地总是更优雅。

从这儿到山顶都是草地它一路蔓延而在草地上不断往上爬比在石头上或在树底下爬要难得多。

加上还要拿着一把椅子在草地里继续爬山因为草地很陡峭比岩石还陡峭,所以这是辛苦的一天萝丝就是这样赶路的。

她只能这样她只能尽量一路向上爬然后坐在她的椅子上。

如果你走在草地上你就更难辨认方向。但草地有话要说吗。草地没话想说,它是绿色的绿色的东西从来不说话。

对此萝丝知道而这就是她一直更偏爱蓝色的原因。

那片绿草地

现在萝丝越走越高那片绿色的草地蔓延到了山顶。她没有噢的再叫她只是继续前进。天很热，那片绿草地也很热青草下面是土地而在土地里噢天哪萝丝差点踩在了一个圆形的东西上。

不管在哪儿萝丝都很勇敢她继续一路上山去。

最后一小时

在离终点很近但又没近得可以冲刺时继续前进就会变得困难。萝丝就面临着这个问题她几乎她几乎不能继续前进。哪儿才是终点。她差点要脱口而出她差点要对自己和对椅子悄声说。哪儿噢哪儿才是终点。

但她继续前进青草变矮了山坡变陡了椅子更蓝更沉了云朵靠得更近了而山顶却变得更远了因为她靠得太近看不清路了如果她走了这条路但那条路才通往山顶那她是不是永远都看不见她本来可以看见的一切。天哪噢天哪她看见了什么。她真的看见了因为害怕她瞪圆了眼睛她的手臂紧紧环抱住椅子突然间绿色变成了蓝色而她知道一能变成二三能变成四但永远永远都不会有扇门让她穿过。

可萝丝并不慌，失足了就会摔跤但就算失足了她也不会慌顶多只是摔个跤所以她皱起眉头她知道她得开始数数，一二一二一二一二。

闭上眼睛数一二再睁开眼睛数一二然后绿色就不会变成蓝色。于是萝丝开始数一二一二她知道只要她数着一二一二那就算她的名字是萝丝她的眼睛也还是蓝色。就算她的名字带着玫瑰色她的眼睛也当然还是蓝色。这就是她一直更喜欢蓝色的原因因为她的眼睛是蓝色。她有两只眼睛每一只都是蓝色，一二一二。

在数数奏效前她看到一样东西既不是蓝色也不是绿色，而是紫色混着其他颜色它高高挂着和天空一样高就在她可以哭泣的地方那竟是一道彩虹。噢对噢不那竟是一道彩虹。

　　于是萝丝穿了去，她穿过那道彩虹她知道自己要做什么。她这样做了她穿过了那道彩虹然后她到达了山顶最高的山顶山顶还有位置放那把蓝色的椅子萝丝放下那把蓝色的椅子然后坐在椅子上。萝丝到达终点了。

终点

她一个人待在世界的顶端她坐在那儿她能唱首歌。
这是她唱的歌,
开始了。

我在这儿。
如果我想要一道菜
我想要一碟火腿。

　　　　如果我许个小心愿
　　　　我希望我在这儿。

　　她停了停坐了一会儿她没起过身,她喜欢这样坐着所以就一直坐着。
　　然后她唱,

　　　　如果我能看见我曾看见的那我就能
　　　　那我就能看见我曾看见的我曾看见我坐在哪儿
　　　　是的我坐着。

　　她轻轻叹了口气。
　　　　是的我能看见我坐着。
　　她又叹了口气。
　　　　是的我能。
　　　　从前有五个红苹果,
　　　　但没有一个像我的脑袋。
　　不她说不没有一个像我的脑袋它们更像我的床。
　　于是她又开始唱。
　　　　从前苹果是红的

但说到底说到底
　　苹果真是红的吗
　　还是说我知道哪个苹果哪个苹果是我的。

她停下来思考

萝丝停下来思考，

我得想想萝丝边说边在椅子上扭动了一下身子。

她一个人在山顶上。

我得想想萝丝说。

然后她开始唱。

　　我是睡了还是醒着
　　我有黄油还是蛋糕，
　　我是在这儿还是在那儿，
　　那把椅子到底是床还是椅子。
　　谁在哪儿。

萝丝又开始唱了起来。

天有点黑了萝丝又开始唱了起来。

      我是萝丝我的眼睛是蓝色
      我是萝丝你是谁
      我是萝丝当我唱歌时
      我只是普普通通的萝丝。

我是萝丝萝丝边说边开始唱。

      我是萝丝但不是玫瑰色
      一个人待着没有很舒服
      我是萝丝我就是萝丝
      好吧萝丝就是萝丝

天又黑了点。
萝丝在椅子上蜷缩着。她真的在山顶上。她真的在。
她开始唱歌。

从前我知道
　　有张椅子是蓝的。
　　从前我知道谁的椅子是蓝的。
　　我的椅子是蓝的没人知道只有我知道只有我知道我的椅子是蓝的。

　　萝丝继续唱歌天变得更黑了。从前有条路可以留下可以离开,我没留下我从那儿离开远远地离开然后到了这里而这里就是终点噢哪里哪里才是终点噢哪里才是终点。萝丝哭了起来噢哪里哪里才是终点。我在终点噢对我在终点但哪里噢哪里才是终点。

　　天越来越黑了世界越来越圆了而椅子那把蓝色的椅子越来越硬了萝丝忘了一切只知道自己就在那儿。是的就在那儿。
　　然后萝丝又开始唱歌了。

　　　　我唱歌的时候待在铃铛里,铃铛是圆的没有

声响路是白的胡椒亮闪闪而洛夫我的大狗洛夫它不在这儿噢天哪天哪萝丝哀叹道噢天哪我从来没想过我能到这儿来，我一个人整晚待在这儿被恐惧包围着。噢椅子亲爱的椅子亲爱的坚固的蓝椅子我要全心全意投进你的怀抱。

天越来越黑天上没有月亮，萝丝从没在意过月亮但天上有很多星星而有人告诉过她星星是圆的，所以那些不是真的星星，那些星星不能安慰她就在那时就在那时那时怎么了算了那时该怎么样就怎么样。

那个时候萝丝哀叹道那个时候我希望能像只母鸡一样快乐。

一束光

现在是晚上晚上很不错晚上就该是这样一整晚都会是这样。萝丝对此明白。萝丝很明白所以她坐在椅子上把椅子抓得更牢了。

就在那时出现的那是什么呢,不是闪电不是月亮不是星星更不是流星不是雨伞也不是眼睛不是黑暗里的眼睛当然不是那是一束光,一束光如此明亮。它从远处的一座山照过来四处打着转它围着萝丝转它是它肯定是一盏探射灯它在一座远处的山上而威尔肯定是她的堂兄威尔在那座山上他让灯光四处投射把草地从黑色变成绿色把天空从黑色变成白色而萝丝萝丝感到一股暖流穿过了她的后背。

于是她开始唱歌。

> 一个小男孩在一座小山上
> 那是威尔那是威尔。
> 一个小男孩在一座小山上
> 他会在他会在。
> 那是威尔那是威尔。
> 我在这儿你在那儿，我在这儿这儿就是那儿而你在那儿那儿就是这儿噢威尔噢威尔随便你在哪座小山上。
> 噢威尔噢威尔噢威尔
> 噢威尔噢威尔
> 你会在吗萝丝唱噢会的你会在。

她唱着噢会的噢会的她不停哭哭啊哭啊哭那束探射灯光四处打着转转啊转啊转。

尾声

结果威利和萝丝并不是堂兄妹，这谁能料到，所以他俩结了婚有了孩子和他们一起唱歌有时唱歌会让萝丝哭泣有时唱歌会让威利越唱越兴奋他们从此快乐地生活而世界依旧是圆的。

大作家小童书

1. 小狗栗丹　　　　　　　〔俄〕契诃夫
2. 奥德赛　　　　　　　　〔英〕查尔斯·兰姆
3. 写给孩子们的故事　　　〔美〕E.E.肯明斯
4. 写给女儿的故事　　　　〔法〕尤内斯库
5. 夜晚的秘密　　　　　　〔法〕米歇尔·图尼埃
6. 画家王福历险记　　　　〔法〕玛格丽特·尤瑟纳尔
7. 种树的人　　　　　　　〔法〕让·吉奥诺
8. 难解的算数题　　　　　〔法〕马塞尔·埃梅
9. 西顿动物故事　　　　　〔加〕西顿
10. 列那狐的故事　　　　　〔法〕吉罗夫人
11. 神奇故事集　　　　　　〔美〕霍桑
12. 古怪故事集　　　　　　〔美〕霍桑
13. 莎士比亚戏剧故事集　　〔英〕查尔斯·兰姆　玛丽·兰姆
14. 普拉斯童话童谣集　　　〔美〕西尔维娅·普拉斯
15. 猫咪躲高高　　　　　　〔法〕马歇尔·埃梅
16. 十三座钟　　　　　　　〔美〕詹姆斯·瑟伯
17. 九月公主与夜莺　　　　〔英〕威廉·萨默塞特·毛姆
18. 简的小毯子　　　　　　〔美〕阿瑟·米勒

19. 伊塔马历险记　　　　〔以色列〕大卫·格罗斯曼
20. 鲁蒂想赖床　　　　　〔以色列〕大卫·格罗斯曼
21. 晚安，长颈鹿　　　　〔以色列〕大卫·格罗斯曼
22. 世界是圆的　　　　　〔美〕格特鲁德·斯泰因
23. 鲁特伯格故事　　　　〔美〕卡尔·桑德堡
24. 堂吉诃德　　　　　　〔西〕塞万提斯
25. 英雄艾凡赫　　　　　〔英〕华特·司各特
26. 幸运的豆荚　　　　　〔法〕查尔斯·诺迪耶